La Nuit
du caramel mou

Les Éditions du Boréal remercient le Conseil des Arts du Canada ainsi que le ministère du Patrimoine canadien et la SODEC pour leur soutien financier.

© 1999 Les Éditions du Boréal
Dépôt légal : 3ᵉ trimestre 1999
Bibliothèque nationale du Québec

Diffusion au Canada : Dimedia
Distribution et diffusion en Europe : Les Éditions du Seuil

Données de catalogage avant publication (Canada)
    Chauveau, Philippe, 1960-

    La Nuit du caramel mou

    (Boréal Maboul)

    (Les Aventures de Billy Bob ; 6)

    Pour enfants de 7 à 9 ans.

    ISBN 2-89052-988-6

    I. Simard, Rémy. II. Titre. III. Collection. IV. Collection : Chauveau, Philippe, 1960- . Aventures de Billy Bob ; 6.

PS8555.H439N84   1999   jC843'.54   C99-941014-8
PS9555.H439N84   1999
PZ23.C42Nu   1999

La Nuit
du caramel mou

texte de Philippe Chauveau
illustrations de Rémy Simard

Boréal Maboul

1

Ding dong

Billy Bob et Chef Richard sont dans la cuisine. Chef Richard prend une casserole et verse du caramel chaud dans un plat beurré. La sonnette de la porte d'entrée fait ding dong. Chef Richard s'étonne :

— Déjà ? Mais ça n'a pas encore eu le temps de refroidir.

Billy Bob va ouvrir la porte et se retrouve nez à nez avec un mille-pattes. C'est le plus gros mille-pattes de la terre. Il est deux fois plus gros que Billy Bob ! Le mille-pattes

pointe un gros pistolet jaune et orange. Il appuie sur la gâchette en disant :

— Pluxflox !

Billy Bob reçoit une grosse giclée d'eau sur le nez.

— Ouah, ouah, ouaah !

Le mille-pattes se met à hurler de rire comme un phoque qui a entendu une bonne blague. Billy Bob reconnaît l'insecte arroseur. C'est Bobo, son ami de mille aventures. Bobo avec douze pattes et deux antennes sur la tête.

— Ouah, ouah, ouaah, continue Bobo, plié de rire. Avoue que tu as eu peur, Billy Bob. Avoue… C'est trop drôle. Ça me donne soif. Il me faut un verre d'eau.

Il disparaît dans la cuisine en croisant Chef Richard qui a été attiré par le rire de phoque et qui demande :

— Qu'est-ce qui arrive à Bobo ?

Un hurlement de terreur lui coupe la parole. Un hurlement pire que le cri du mille-pattes qui vient de faire un nœud à chacun de ses mille lacets de souliers.

2

Pauvre Bobo

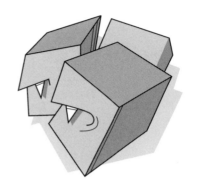

Billy Bob a reconnu la voix de Bobo. Il a peur pour son ami. En deux enjambées il fonce dans la cuisine. Bobo se cache dans un coin avec ses douze bras. Il est tout vert et son ventre laisse échapper un grognement furieux. Billy Bob est prêt à combattre n'importe quel monstre. Il fait le tour de la pièce du regard. Il ne voit pas de monstre, ni de bombe insecticide géante pour mille-pattes géant. Il ne voit rien qui puisse faire peur à son ami.

— Bobo ? demande Billy Bob. Qu'est-ce qui se passe ?

Bobo tend un doigt tremblant vers la table et réussit à murmurer :

— Là… le caramel.

Bobo est un million de fois plus gros que le morceau de caramel. Billy Bob se demande si son ami n'est pas devenu fou. Il tente de le rassurer :

— Bobo, ce caramel n'est pas dangereux.

Chef Richard, qui vient d'arriver, confirme :

— Mais bien sûr qu'il n'est pas dangereux. C'est moi qui viens de le faire avec de l'eau et du sucre fondu. Tiens, goûtes-y.

Bobo se redresse d'un bond :

— Jamais ! Ça jamais, plutôt mourir !

Billy Bob n'a jamais vu Bobo refuser un bonbon. Ça ne se peut pas. C'est impossiblement impossible. Bobo doit être malade, maladivement malade. Billy Bob décide d'emmener Bobo prendre l'air.

Dehors, le soir tombe comme un éléphant se couche dans de la mousse au chocolat : sans bruit. Les maisons sont décorées de citrouilles, de toiles d'araignées, de squelettes… Il y a des fantômes qui marchent dans les rues, et des sorcières, et des chevaliers. C'est le soir de l'halloween. Tous les enfants se préparent à ramasser des bonbons de maison en maison. Bobo se sent mieux depuis qu'il a quitté la cuisine. Son estomac a cessé de grogner. Il prend une grande respiration avant de raconter :

— À ma première nuit d'halloween, quand je ne savais pas encore marcher, je me suis retrouvé devant mon premier bonbon ! J'ai commencé à le manger et c'était plus extraordinaire que la vie tout entière. Puis mon papa est arrivé. Mon papa qui avait oublié d'enlever son masque de loup-garou. J'ai eu peur, peur, peur, peur. J'ai failli mourir. Et ce premier bonbon, c'était du caramel. Maintenant, quand je vois du caramel, j'ai encore peur, peur, peur, peur. Je déteste le caramel. C'est plus horrible que de la crème glacée aux sardines.

Chef Richard a deux grosses larmes sur les joues. Il sanglote :

— Pauvre Bobo, avoir peur, peur, peur, peur du caramel alors que c'est tellement délicieux… Pauvre, pauvre, pauvre, pauvre Bobo.

Billy Bob comprend que son ami a connu une peur terrible. Une peur qui s'est collée pour toujours au goût du caramel.

Pour que Bobo pense à autre chose, Billy Bob dit :

— Pas mal du tout, ton déguisement de mille-pattes.

Bobo oublie son histoire et répond :

— Je ne suis pas déguisé en mille-pattes.

Je suis déguisé en extraterrestre de la planète Pluxflox ! Tu n'as jamais vu un habitant de la planète Pluxflox ? Et mon pistolet ? Tu as vu mon pistolet ? J'ai une réserve d'eau cachée sous mon déguisement. Je peux arroser pendant dix minutes.

Il fait quelques pas pour que Billy Bob et Chef Richard admirent son déguisement. Tout à coup, il s'arrête face à un terrain abandonné. Il redevient vert et inquiet. Des gouttes de sueur perlent sur son visage. Son estomac se met à grogner et Bobo dit :

— Il y a du caramel par là. Des montagnes et des montagnes de caramel. Mon estomac est le plus puissant radar à caramel de l'univers et il n'a jamais senti autant de caramel.

Billy Bob adore les choses étranges. Il a très envie de voir cette montagne de caramel. Il s'avance en disant :

— Allons voir.

Bobo hésite :

— Non, j'ai peur, peur, peur, peur.

3

Douze appels au secours

Guidés par l'estomac de Bobo, les trois amis s'approchent d'un tas de vieilles planches. Billy Bob a tôt fait d'écarter les débris et ils découvrent l'entrée d'un tunnel. Billy Bob réfléchit tout haut :

— On dirait que ça mène vers la colline.

Bobo et Chef Richard lèvent les yeux vers la colline qui surplombe la ville. Au sommet il y a un ancien réservoir à eau. Chef Richard connaît bien l'endroit :

— C'est tout ce qui reste de l'ancienne usine de sucre. Elle a brûlé il y a au moins vingt ans, un soir d'halloween. Après l'incendie on n'a pas retrouvé le plus petit morceau de sucre. Tout avait disparu. La montagne de caramel dont parle Bobo vient peut-être de là. Si le sucre et l'eau des pompiers se sont mélangés, la chaleur de l'incendie pourrait avoir tout transformé en caramel. Les gens disent que le gardien de nuit hante encore la colline. Il a disparu, lui aussi, cette nuit-là.

Billy Bob n'a peur de rien. Même pas des araignées à poils longs. Alors ce n'est pas une petite colline hantée qui va l'arrêter. Il répète, en s'engageant dans l'entrée du tunnel :

— Allons-y.

Chef Richard le suit. Bobo regarde ses amis qui s'enfoncent dans le tunnel comme un pied s'enfonce dans une chaussette. Son estomac aimerait s'enfuir mais Bobo n'est pas seulement un estomac. Il ne laisserait jamais ses amis seuls dans le danger et surtout pas dans le caramel. Il soupire un grand coup et s'avance à son tour. Ses douze bras s'agitent autour de lui, comme douze petits appels au secours.

Du caramel !

Le tunnel grimpe dans la colline. Les murs et le sol et le plafond sont de la même matière : une sorte de verre brun qui réfléchit la lumière. Bientôt nos trois amis s'arrêtent, surpris.

Ils sont arrivés dans une salle immense éclairée par des torches. Au milieu, il y a un lac de la même couleur que tous les murs, plafonds, sols. La salle se termine par un grand mur lisse et droit comme un mur de gymnase. Billy Bob est le premier à retrouver la voix :

— Ce n'est pas une caverne naturelle. Il y a des blocs entassés jusqu'en haut, et des outils pour creuser. Regardez le plafond. C'est la dalle de béton qui doit servir de plancher au réservoir d'eau. Nous sommes juste dessous.

Billy Bob et Chef Richard traversent la salle. Il fait de plus en plus chaud. L'air est épais et collant. Ils ont l'impression d'avancer dans de la barbe à papa. Chef Richard approche sa main du mur et commente :

— On peut sentir la chaleur sortir de ce mur. Il doit y avoir quelque chose de très chaud là-derrière.

Il approche un peu plus sa main et, plof, elle s'enfonce dans le mur.

— Ouach, fait-il en la retirant toute gluante. On dirait…

— DU CARAMEL ! s'écrie Bobo d'une voix blanche comme un fantôme.

Billy Bob et Chef Richard se retournent. Bobo ne les a pas suivis à travers la salle. Il est encore près du tunnel, plus vert qu'une laitue. Bobo se dépêche de revenir auprès de lui. Il lui demande :

— Ça va, Bobo ?

— Non, répond Bobo, toute cette caverne est en caramel, les murs, le sol, le plafond. Nous sommes dans une montagne de caramel ! Mon estomac est plein de nœuds. Je… Je… Je n'ai plus faim.

Billy Bob s'inquiète. Bobo sans appétit, c'est comme une bicyclette sans roues, sans selle et sans guidon. Il doit vraiment être malade. Billy Bob se décide très vite :

— Tu ne peux pas rester ici. Sortons.

Ils veulent repartir par le tunnel, mais il n'y en a plus ! Ils regardent partout, et partout il n'y a que des murs lisses ! Le tunnel s'est refermé derrière eux. Ils sont prisonniers. Chef Richard cherche une autre sortie. Billy Bob reste immobile. Il a déjà compris qu'ils ne trouveront pas d'autre porte. Il se passe des choses trop bizarres dans cette caverne. Billy Bob prend la parole :

— Qui a creusé cette grotte ? Qui a allumé les torches ? Qui a creusé le tunnel et qui a fermé le mur ?

Une voix souple et sucrée lui répond :

— Moi !

Nos trois amis ont beau se dévisser la tête pour trouver celui qui a parlé, ils ne voient que du caramel. La voix reprend :

— Oui monsieur, c'est moi.

Alors le mur commence à bouger et une forme humaine apparaît petit à petit, comme une fourmi sort du sirop d'érable qu'un enfant lui a laissé couler sur la tête.

5

Un bonbon sur pattes

Quelqu'un sort du mur sous les yeux horrifiés de nos trois amis. Le caramel prend forme, devient un homme.

— Qui êtes-vous ? demande Billy Bob qui est de moins en moins content.

L'étrange apparition répond :

— Je suis le gardien de l'usine de sucre, oui monsieur, le gardien.

— Impossible, riposte Chef Richard, il n'y a plus de gardien depuis l'incendie.

— Je sais, oui monsieur, je sais. C'est moi qui ai allumé l'incendie. Oui, oui, oui. C'était l'halloween. J'étais de garde ici et personne ne m'a apporté de bonbons. Non monsieur, pas un seul. Alors j'ai tout brûlé pour me venger. Je n'avais pas pensé que le caramel descendrait jusqu'ici. Oui monsieur, il est descendu, ce caramel. Dans ces cavernes que j'avais découvertes. J'ai cru mourir, oui monsieur, mourir. Mais quand je me suis réveillé, j'étais comme vous me voyez. Oui monsieur, oui. En caramel !

— Laissez-nous sortir, ordonne Billy Bob qui s'inquiète pour Bobo.

L'homme de caramel se met à rire :

— Hahaha, monsieur, hahaha ! Vous ne sortirez pas d'ici. Derrière le grand mur il y a une mer de caramel bouillant. Ça oui, monsieur, bouillant. Ce soir je percerai le mur. Alors le caramel bouillant envahira les rues de la ville. Ça oui, monsieur, oui monsieur, oui monsieur…

Chef Richard n'est pas d'accord. Il s'approche du gardien et le prévient :

— Les rues sont pleines d'enfants. Vous allez les engloutir dans le caramel ! Espèce de vilain ramolli… Espèce de… de… de bonbon à pattes.

Billy Bob s'est approché de l'autre côté avec des yeux de puma furieux :

— Nous ne vous laisserons pas faire !

Bobo ne dit rien. Il est de plus en plus vert et de plus en plus malade. Le bonbon à pattes se contente de rire :

— Hahaha, oui monsieur, hahaha, oui monsieur…

Billy Bob bondit. Il est tout de suite sur le ramolli. Chef Richard vient l'aider. Ils attrapent l'abominable gardien par les bras. Celui-ci se laisse faire, continuant de rire, mais il se met à ramollir de plus en plus. Il fond entre les mains de Bobo et de Chef Richard. Ils ne peuvent pas le retenir. Bientôt, le bonbon à

pattes n'est plus qu'une flaque qui se mé-
lange au plancher.

— Zut, constate Billy Bob, on ne peut
pas faire confiance à ce caramel.

— Rezut, complète Chef Richard, il a
fondu.

Ils ne sont pas au bout de leurs peines : un
bruit retentit. C'est un horrible glouglou
gluant.

Bébé-Bobo

Un jet de liquide brûlant gicle du mur de la caverne. Le mur fond lentement et le jet grossit. Du caramel bouillant commence à recouvrir le sol.

Rapidement, Billy Bob, Bobo et Chef Richard se retrouvent coincés dans le dernier espace libre du plancher. Le caramel bouillant se rapproche de tous les côtés. Billy Bob cherche désespérément une façon de ne pas finir cuit dans le caramel. Chef Richard avertit ses amis :

— Attention. C'est très méchant le caramel chaud. Ça se colle à la peau et ça brûle jusqu'aux os.

Billy Bob serre les poings. Il s'excuse auprès de ses compagnons :

— Je regrette de vous avoir entraînés ici. C'était une mauvaise idée. Vous avez toujours été les… les… les meilleurs amis du monde.

Chef Richard essuie une larme. Il renifle en disant :

— Après nous avoir engloutis, ce caramel va couler sur la ville comme de la lave. Et nous ne pouvons rien faire pour les enfants.

Billy Bob enrage :

— Il faut les sauver ! Tu as une idée, Bobo ?

Bobo n'écoute rien. Il a l'air plus effrayé qu'une chenille qui voit s'approcher un rouleau compresseur. Il bredouille :

— Le caramel… Non ! Je ne veux pas finir dans le caramel !

Il tombe dans les pommes. Billy Bob et Chef Richard se précipitent pour l'aider. Bobo est sur le dos. Il ouvre les yeux et les regarde avec un grand sourire. Il dit :

— Agaga ? Arheuuu…

Et il se met à sucer son pouce.

Chef Richard ne trouve pas ça drôle. Il gronde Bobo :

— Ce n'est pas le temps de faire le bébé.

Mais Billy Bob lui prend gentiment le bras. Il est ému :

— Chef Richard, Bobo ne s'amuse pas. Il est redevenu un bébé. Le plus gros bébé mille-pattes du monde. Il avait trop peur. Quand il a vu que le caramel allait l'avaler, son cerveau a décidé de le ramener en arrière, au temps où il n'avait pas peur du caramel. Au temps où il était un bébé.

— Arheu, rigole Bobo en jouant avec son pistolet à eau.

Billy Bob est triste de voir Bobo dans cet état. Mais en même temps il est content

parce que son meilleur ami n'a plus peur. Bobo appuie sur la gâchette. Un jet d'eau se dirige vers le visage de Billy Bob, mais celui-ci a les réflexes plus aiguisés qu'une épine de cactus. Il évite le jet d'eau qui va s'écraser sur le caramel bouillant. Un nuage de vapeur sucrée s'élève en sifflant. Là où l'eau est tombée, le caramel s'est refroidi et il est devenu dur comme de la pierre. Billy Bob ne perd pas de temps. Il enlève le revolver à Bobo qui se met à se rouler sur le sol en pleurant :

— Ouin, ouin, ouin…

Chef Richard proteste :

— Ce n'est qu'un bébé. Il ne faut pas le punir.

Billy Bob n'aime pas faire pleurer les bébés, mais il vient de trouver un plan pour sauver la ville. Il arrose le caramel partout autour d'eux. Sous la douche, le caramel se fige et forme un mur solide autour des trois amis. Les vagues de liquide bouillant ne peuvent plus avancer.

Bobo a cessé de pleurer. Chef Richard a réussi à le calmer en lui faisant guili-guili sous le menton. Billy Bob recommence à arroser le caramel devant lui en disant :

— Chef Richard, prenez Bobo. Je vais faire un chemin de caramel durci. Suivez-moi jusqu'à la montagne de blocs.

Billy Bob s'élance sur le chemin qu'il arrose devant lui. Chef Richard trouve que Bobo est le plus lourd bébé du monde mais il réussit à le porter. Ils s'avancent au milieu d'une mer brûlante qui menace de les engloutir. Ils sont presque à la montagne de blocs quand le caramel se lève devant eux. C'est le gardien de nuit tout rouge, tout bouillant, qui siffle :

— Non messieurs, vous n'allez pas vous enfuir. Non messieurs, non, non.

Le gardien se dresse. Sa tête grandit, grandit. Elle devient deux fois grosse comme nos amis. Il ouvre une immense bouche. Il veut les avaler ! Billy Bob lève son pistolet à eau et l'arrose. Un nuage de vapeur s'élève en sifflant. Le gardien veut porter les mains à son visage en hurlant. Mais sa peau est devenue dure comme du verre. Il ne peut plus crier, il ne peut plus bouger les lèvres, il ne peut plus lever les bras. Il s'est figé sous la pluie d'eau froide. Il ne reste de lui qu'une statue de verre brun.

Les trois amis veulent terminer leur traversée, mais il n'y a plus d'eau dans le pistolet ! Ils ne peuvent plus avancer et, derrière eux, le chemin a commencé à fondre. Ils sont comme des naufragés sur un morceau de banquise qui disparaît petit à petit. Ils sont perdus !

7

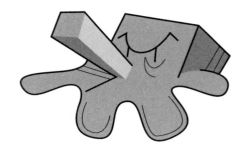

Il fond !

Il en faut plus pour arrêter Billy Bob. Il pose la statue du gardien entre le chemin de caramel durci et la montagne de blocs. Les trois amis s'en servent comme d'un pont. En deux enjambées ils sont en sécurité. Billy Bob est pressé. Il s'empare d'un pic en criant à Chef Richard :

— Le ramolli ne peut plus rien faire mais le caramel coule toujours ! Laissez Bobo et le gardien en bas, prenez un outil et suivez-moi !

Billy Bob s'élance vers le sommet de la montagne de blocs. Chef Richard dépose Bébé-Bobo à l'abri, puis il tire le gardien et le place à côté de Bobo. En haut, Billy Bob a déjà commencé à attaquer le plafond avec son pic. Chef Richard reprend son souffle puis il va aider Billy Bob.

Bébé-Bobo reste seul avec le gardien qui commence à ramollir sous l'effet de la chaleur. Comme tous les bébés, Bobo veut tout mettre dans sa bouche. Il lèche le gardien. Aussitôt Bobo sursaute, comme traversé par un choc électrique. Ses yeux s'agrandissent, sa bouche aussi :

— Ouinn, ouinnn… Ouach ! du caramel.

Bobo se redresse. Il n'est plus au pays de l'enfance. Bobo déteste tellement le caramel que le goût sur sa langue a réveillé son cerveau. Il voit le gardien qui fond. Dans un instant, ce bonbon à pattes va pouvoir s'enfuir et recommencer ses sales coups. Bobo crie :

— Billy Bob, Chef Richard, le gardien fond !

Mais Bobo est seul. Ses amis ne l'entendent pas parce qu'ils cognent et cognent sur le plafond de la caverne. Bobo ne veut pas laisser le gardien s'enfuir et s'attaquer encore aux enfants ! Mais il est incapable de le retenir même avec ses douze bras. Il ne lui reste qu'une solution. La plus terrible de toutes !

Pendant ce temps, Billy Bob et Chef Richard ont réussi à faire un trou dans le plafond de la caverne. Derrière ce trou il y a une plaque de métal. Billy Bob avertit Chef Richard :

— Cachez-vous ! Nous sommes arrivés au réservoir d'eau. J'espère qu'il est plein. C'est notre seule chance de sauver la ville.

Billy Bob prend son élan. Il donne un grand coup de pic dans le fond du réservoir qui se fend. Des tonnes d'eau se déversent par l'ouverture sur la mer de caramel bouillant. Des nuages de vapeur envahissent les lieux dans un sifflement plus puissant, plus terrible que celui de mille serpents cobras.

Quand tout se calme, il ne reste du lac de caramel liquide qu'une petite fontaine qui s'étrangle au milieu d'un plancher de caramel dur. La ville est sauvée.

Billy Bob cherche ses amis. Il trouve Chef Richard bien vivant, mais Bobo ? Où est passé Bobo ? Ils entendent un gémissement. C'est Bobo, vert comme de la soupe aux épinards, malade. Il fait :

— Beurp, puis il dit : Je ne pouvais pas le laisser gâcher la soirée d'halloween des enfants. J'ai fait la seule chose possible.

Billy Bob est fou de joie :

— Bobo ! Tu n'es plus un bébé !

Puis il s'inquiète :

— Et l'abominable homme de caramel ?
Où est-il ?

Bobo grimace :

— Là où il est, il ne peut plus s'enfuir. Je
l'ai mangé.

Oui monsieur, oui !

Trois jours plus tard, les enfants de la ville ont mangé presque tout le caramel et Bobo est sur pied. Avec ses deux amis, il admire la nouvelle statue de l'hôtel de ville. C'est Bobo en mille-pattes qui pointe son revolver.

Billy Bob rigole :

— Bobo, te voilà devenu un mille-pattes célèbre.

Bobo corrige :

— Pas un mille-pattes. Un habitant de la planète Pluxflox.

Billy Bob a envie de le taquiner :

— Justement. J'ai entendu dire que la planète Pluxflox est la planète des mille-pattes géants.

Bobo va répondre quand Chef Richard lui donne une tape amicale sur l'épaule en soupirant :

— Tu peux dire que tu nous as fait peur. J'ai même cru que ton cerveau s'était transformé en caramel mou.

Bobo riposte en s'approchant de la statue :

— Ah non ! Je ne veux plus entendre le mot caramel de toute ma vie. Regardez comme c'est bien imité. Il y a même un trou au bout du pistolet.

Bobo se retourne vers ses amis. À ce moment la statue fait glouglou et un jet de caramel mou atterrit sur la tête de Bobo.

Billy Bob et Chef Richard éclatent de rire.

— Oui monsieur. C'est une fontaine de caramel mou. Oui monsieur. Oui, de caramel mou ! Oui, oui, oui !

C'est quoi, Maboul ?

Quand tu commences à lire, c'est parfois difficile.

Avec **Boréal Maboul,** ça devient facile.

- Tu choisis les séries qui te plaisent.
- Tu retrouves tes héros favoris.
- Les histoires sont captivantes.
- Les chapitres sont courts.
- Les mots et les phrases sont simples.
- Les illustrations t'aident à bien comprendre l'histoire.

Les Éditions du Boréal
4447, rue Saint-Denis
Montréal (Québec) H2J 2L2
www.editionsboreal.qc.ca

MISE EN PAGES ET TYPOGRAPHIE :
LES ÉDITIONS DU BORÉAL

CE QUATRIÈME TIRAGE A ÉTÉ ACHEVÉ D'IMPRIMER EN FÉVRIER 2006
SUR LES PRESSES DE MÉTROLITHO
À SHERBROOKE (QUÉBEC).